Rainer Bressler, Jurist im Ruhestand und Schriftsteller, geboren 1945, ist Schweizer und lebt in Zürich. In den Jahren 1980 bis 1993 profilierte er sich als Hörspielautor, dessen Hörspiele von Radio DRS produziert und ausgestrahlt wurden.

Bisherige Veröffentlichungen:

7 Hörspiele:
Tom Garner und Jamie Lester; Morgenkonzert; Folgen Sie mir, Madame; Aufruhr in Zürich; Nächst der Sonne; Geliebter / Geliebte; Gaukler der Nacht; Beinahe-Minuten-Krimi
Produziert und ausgestrahlt in den Jahren 1979 bis 1993

Geliebter / Geliebte. 8 Hörspiele, Karpos Verlag, Loznica 2008

Privatzeug 1856 bis 2012. Versuch einer Spurensuche, 5 Bände:
Spur 1 Reisen; Spur 2 Spielen; Spur 3 Schreiben; Spur 4 Dichten; Spur 5 Weben
BoD 2012 bis 2016

Pink Champagne, satirischer Liebesroman, BoD 2020
Schattenkämpfe, Roman, BoD 2020
Kraut & Rüben, Kurzgeschichten, BoD 2020
Reise-Impressionen, Erzählungen, BoD 2020
Fenstersturz, Krimi-Satire, BoD 2020
Texturen, Krimi-Satire, BoD 2020
Gärung, satirischer Gesellschaftsroman, BoD 2020
Axthieb, Krimi-Parodie, BoD 2021
Spassvogel, Novelle, BoD 2022
Theaterstücke, Band I bis …, BoD 2020

Rainer Bressler

Theaterstücke Band V

Quartett der Überlebenskünstler

HENRY FUSELI

COLE PORTER

VITA AND VIOLET

HANS GÜNTHER B.

**4 Theaterstücke
mit historischem Hintergrund**

Lektorat und Korrektorat: Rainer Bressler
www.rainerbressler.ch
Umschlagbild: Rainer Bressler, Vernetzungen, Zeichnung
1984 / Fotos aus dem Internet

Aufführungsrechte beim Autor

Herstellung und Verlag: BoD – Books on Demand,
Norderstedt

ISBN: 978-3-7557-9551-3

Bibliografische Information der Deutschen
Nationalbibliothek:
Die Deutsche Nationalbibliothek verzeichnet diese
Publikation in der Deutschen Nationalbibliografie;
detaillierte bibliografische Daten sind im Internet über
http://dnb.dnb.de abrufbar.

Im Zentrum dieser Fantasie in Form eines Theaterstücks steht das ausserordentliche Schicksal des amerikanischen Komponisten und Liedtexters Cole Porter, 1891 bis 1964. Cole Porter schuf unvergängliche Melodien und Liedtexte und berühmteste, bis heute gespielte Musicals. Er geriet in eine Anhäufung von Krisen, die er erstaunlich bewältigt und so zum Überlebenskünstler wird. Die erzählte Geschichte ist gerafft und folgt in groben Zügen der Biographie Cole Porters, wird jedoch im Interesse einer intimen Anschaulichkeit jenseits der historischen Personen und Fakten frei und offen nachempfunden und erfunden.

Das Stück ist frei zur Uraufführung

Ich bin ein Stückeschreiber. Ich zeige
Was ich gesehen habe. Auf den Menschenmärkten
Habe ich gesehen, wie der Mensch gehandelt wird.
Das
Zeige ich, der Stückeschreiber.

Wie sie zueinander ins Zimmer treten mit Plänen
Oder mit Gummiknüppeln oder mit Geld
Wie sie auf den Strassen stehen und warten
Wie sie einander Fallen bereiten
Voller Hoffnung
Wie sie Verabredungen treffen
Wie sie einander aufhängen
Wie sie sich lieben
Wie sie die Beute verteidigen
Wie sie essen
Das zeige ich.

Die Worte, die sie einander zurufen, berichte ich.
Was die Mutter dem Sohn sagt
Was der Unternehmer dem Unternommenen befiehlt
Was die Frau dem Mann antwortet
Alle die bittenden Worte, alle die herrischen
Die flehenden, die missverständlichen
Die lügnerischen, die unwissenden
Die schönen, die verletzenden
Alle berichte ich

Bertolt Brecht, Lied des Stückeschreibers, 1935

COLE PORTER

Theaterstück in 4 Akten

Cole Porter

Cole Porter und Linda Lee Porter

Cole Porter (rechts) und Elsa Maxwell

Monty Wooley und Cole Porter

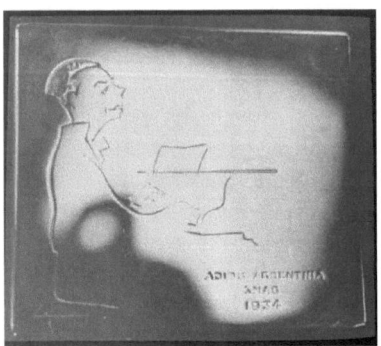

Gravur in dem Zigarettenetui, das Linda Porter Cole Porter
für seine Lieder zum nicht produzierten Film ‚Adios,
Argentina' schenkte.

Personen   Cole
                Katie, Coles Mutter
                Linda, Coles Ehefrau
                Elsa, Freundin von Cole und Linda
                Monty, Coles bester Freund
                Butler
                Arzt
                Produzent

Ort   New York / Paris / verschiedene Orte

Zeit   1934 bis 1948

ERSTER AKT

ERSTE SZENE

Salon in New York

Cole, Katie

Cole in Jacket mit Schlips und weisser Nelke im Knopfloch sitzt an seinem Flügel und spielt und trällert eine Melodie. Kaum tritt Katie zögernd ein, schaut er zu ihr hin, strahlt und spielt und singt die ersten vier Zeilen von ,Kate the Great'. Um dann wieder irgendetwas zu klimpern. Katie ist aufgetakelt, wirkt jedoch sonst mütterlich sympathisch.

Cole	*Catherine of Russia, that potentate,*
	Knew that her job was to fascinate.
	Some people called her a reprobate,
	But still she's known as Kate the Great.
	Anything Goes, 1934 : 'Kate the Great',
	Cole Porter
	Kate the Great Kate the Great
	Kate the Great
Katie	Coalie mein lieber Cole Coalie-Spatz
	Ich bin Katie deine bescheidene Mutter
	Und nicht eine grosse
	Und berühmte Katharina
Cole	Kate the Great Kate the Great

	Kate the Great
Katie	Hör schon auf mit diesem Unsinn
	Störe ich
Cole	Du störst nie Mum
	Wie kommst du bloss
	Auf eine so absurde Idee
Katie	Ich bin so stolz auf dich Coalie
	Meinen Lieblingssohn
Cole	Kunststück
	Ich bin der einzige den du hast
Katie	Lass dich nicht stören
	Ich will dich nicht stören
	Schau was ich für dich gekauft habe
	Ich habe diesen Schlips gesehen
	Ist er nicht wunderschön
Cole	Ist er nicht etwas zu farbig
	Zu schreiend
Katie	Damit fällst du auf
	In der Gesellschaft
	Und es ist so wichtig
	Von der besten Gesellschaft
	Und von den Leuten
	Auf die es ankommt
	Aufmerksamkeit zu bekommen

Katie bindet Coles Schlips los und bindet ihm den neuen Schlips um. Cole lässt sich nicht stören

Katie	Entschuldige
	Nichts gegen dein Geklimper
	Seit deine Musicals so erfolgreich sind
	Die Leute so jubeln
	Habe ich erkannt

Dass es neben Händel Mozart und Verdi
Eine Musik gibt
Die total entzückend ist
Die Premiere von
‚Jubilee' m Broadway
War ja so ein Erfolg gewesen
Die Leute waren so begeistert
Haben wie verrückt geklatscht
Ich war echt gerührt
Doch ehrlich Coalie
Jetzt ist es an der Zeit
Dass du beginnst ernsthaft zu arbeiten

Cole   An der Premiere
Wo Elsa
Die Crème de la Crème ihrer Café Society
Hinzitiert hatte
Und alles was Rang und Namen hat
Dabei war um mich zu feiern
Applaus Applaus Applaus
Doch die Kritiken

Katie   Eben
Sei nicht immer so defätistisch
Es ist nie zu spät
Neu zu beginnen
Ich war immer der Meinung gewesen
Dass du die Geige nicht hättest
Aufgeben sollen
Du wärst ein Meister der Violine geworden
Und wärst jetzt ernsthafter Musiker
Oder du könntest dein Jura-Studium
Wieder aufnehmen

Cole   Mit 45 Jahren
Du hast Nerven

Ich habe die klassische Musik studiert
Mich dann aber für das entschieden
Womit ich die Volksseele erreiche
Wo alle Zugang haben
Das Geklimper eben
Die Unkenrufe
Der Kritiker-Affen-Runde
Treiben mir die Lust nicht aus
Immer wieder neue Lieder zu schreiben
Ganz im Gegenteil
Das ist nun mal meine Art
Mich auszudrücken

Katie A propos Affen
Wie du die Kritiker bezeichnest
Bei Grafton & McBride
Im Schaufenster
Habe ich ein paar Figuren
Des niedlichen Affenorchesters
Aus dieser Manufaktur
In Deutschland
Wie heisst sie gleich
Die Leute sind ganz verrückt
Nach Stücken von dort

Cole Meissen

Katie Richtig Meissen
Habe ich gesehen
Werde diese niedlichen Äffchen
Die so putzig musizieren
Für dich kaufen
Obschon sie sündhaft teuer sind
Doch für meinen Lieblingssohn
Ist mir nichts zu teuer
Und deiner Linda

Cole	Geht nichts über schöne Dinge
	Ob ausgerechnet Äffchen aus Porzellan
	Die Krönung der Schönheit sind
	Und Gnade vor dem strengen
	Fachblick meiner liebsten Linda finden
	Wage ich zu bezeifeln
	Stürze dich nicht
	In unnötige Kosten
Katie	Ich weiss
	Sie werden dir gefallen
	Bestimmt
Cole	Du weisst immer so gut
	Was mir gefällt
	Doch ob es auch Lindas Geschmack trifft
Katie	Sie hat Stil
	Sie würde über ein Geschenk von mir
	Nie ihr hübsches Näschen rümpfen
	Und dass ihr beide
	Mich komische Alte immer belächelt
	Damit habe ich mich längst abgefunden
	Ich bewundere deine Linda
	Die beste Frau die du finden konntest
	Wenn ich das sage
	Hat es etwas zu bedeuten
	Nicht alle Schwiegermütter
	Sind von ihren Schwiegertöchtern
	So begeistert wie ich es bin
Cole	Schliesslich hat sie mir
	Endlich gute Manieren beigebracht
Katie	Unterschätze meine Vorarbeit nicht
Cole	Du bist die beste Mum
	Die es gibt auf der Welt
Katie	Doch eben bloss eine einfache Frau vom Land

17

	Aus Peru Indiana
	Nicht eine Weltenbürgerin
	Wie eine von der besten Gesellschaft
	Als grösste Schönheit gefeierte Linda
	In Paris in Venedig einfach überall
	Und sie hat dir Türen geöffnet
	Von denen ich nicht zu denken wagte
	Dass es sie gibt
Cole	Kate the Great Kate the Great
	Kate the Great
Katie	So jetzt lasse ich dich
	Und überlege es dir
	Mit der Wiederaufnahme
	Des Jura-Studiums
	Da werden selbst die Affen-Kritiker staunen
	Mein Coalie-Spatz

ZWEITE SZENE

Salon in New York

Cole, Katie, Linda

Als Katie weggehen will, kommt Linda dazu. Katie ist erfreut und bleibt. Linda ist schlicht, doch äusserst elegant gekleidet und trägt ein einziges, wertvolles Schmuckstück. Kaum betritt Linda den Raum, springt Cole auf, geht auf sie zu, kösst ihr liebevoll eine Hand, um sich dann gleich wieder an den Flügel zu setzen.

Linda	So schön Mum
	Dass du Cole-Darling besuchst

Katie	Linda-Darling
	Du bist der Inbegriff von Stil und Eleganz
	Du bist so schön
	Ich bin so stolz auf meine Schwiegertochter
	Wie geht es dir
Linda	Gut gut
Katie	Dein Emphysem
Linda	Nicht der Rede wert
	Mum
	Hat Cole dir überhaupt nichts angeboten
	Typisch Cole
	Er ist so versunken in seine Musik
Cole	Katie the Great hat mich besucht
	So lieb
	Sie denkt immer an mich
Katie	Ich denke immer an dich
Linda	Cole-Darling
	Heute hast du dich
	In deinem Kravattenschrank vergriffen
	Diese Kravatte ist zu schreiend
	Du willst doch nicht den Affen
	Vor den Leuten machen
Cole	Bloss den Hofnarren
Katie	Ich hatte gefunden
	Diese Kravatte passe gut zu Cole
Cole	Mum hat sie mir soeben geschenkt
	Und gleich umgebunden
Linda	O Gott
	Bin ich schon wieder
	In ein Fettnäpfchen getreten
	Entschuldige Mum
	Ich bin unmöglich
Katie	Überhaupt nicht Linda-Darling

Von dir kann ich immer etwas lernen
Was Stil ist
Weisst du
Bei uns in Peru Indiana
Wäre diese Kravatte ein Knüller
Doch ich verstehe
Hier …

Linda   Du meinst es so gut mit uns
                 Mum

DRITTE SZENE

Salon in New York

Cole, Katie, Linda, Elsa

Elsa gesellt sich zu den vorigen. Elsa trägt locker unauffällige Kleidung, die ihre Leidesfülle nicht kaschiert.

Elsa   Cole Cole ich muss
                Mit dir reden
                Entschuldigt dass ich so hereinplatze
                Doch es ist sehr dringend
                Ach
                Katie du hier
                Und Linda schön und elegant wie immer
                So schön euch alle beisammen zu sehen
                Könnt ihr verstehen
                Dass mein lieber Cole
                Mir eine Absage erteilt hat

	Er will partout nicht
Cole	Kaum wage ich zu sagen
	Was ich denke
	Ist der Teufel los
	Elsa ich hasse dich
Elsa	Dein Hass ist umwerfend Cole
	Unter deinem Geklimper wohl verborgen
	Cole und ich lieben uns
	Das heisst
	Haben uns geliebt
	Bis er sich geweigert hat
	An diesem Empfang
	Den ich jetzt gerade organisiere
	Teilzunehmen
	Der Empfang ist zu Ehren
	Des Prince of Wales
	Quatsch von Edward VIII.
	Nochmals Quatsch
	Des Duke of Windsor
	Und seiner Gemahlin
	Wallis Simpson
	Mit denen ihr
	Liebe Linda und Cole
	Bestens bekannt seid
	Wenn ihr nicht anwesend seid
	Ist es ein Affront für
	Unsere noblen Gäste
Katie	Mein lieber Coalie-Spatz
	Was ist in dich gefahren
	Dass du eine so tolle Einladung ausschlägst
	Wie kannst du bloss
	Und unsere liebe Elsa
	So jämmerlich im Stich lassen

Cole	Ich bin nun mal nicht der Tanzbär
	Der nach der Pfeife
	Von irgendjemandem tanzt
Elsa	Ich war so ungeschickt
	Und hatte Cole gebeten
	Sich während des Empfangs
	Gleichsam spontan
	An den Flügel zu setzen
	Und ein Lied
	Ein ausgesucht gutes Lied
	Wie es so seine Art ist
	Genial zum Besten zu geben
Cole	Und danach mit dem Hut herumzugehn
Linda	Ich verstehe nicht was du hast Cole-Darling
	Er hat mir nichts erzählt
	Von dieser Einladung
	Das machst du doch immer
	In Gesellschaft
	Dass du dich an den Flügel setzst
Cole	Doch nicht auf Befehl
Katie	Er ist und bleibt ein Kindskopf
	Kannst du nicht endlich
	Erwachsen und vernünftig werden
Linda	Wir wollen unsere Freunde
	Diese Gesellschaft
	Die wir hier haben
	Nicht brüskieren
	Nimm dir ein Beispiel an mir
	Trotz meines Emphysems
	Fühle ich mich jedes Mal geehrt
	Wenn Elsa uns zu
	Ihren Empfängen bittet
	Wir sind nun mal Gesellschaftstiere

	Und unsere Kreise sind so toll
Cole	Gegen diese weibliche Übermacht
	Komme ich kleiner Wurm nicht an
	Doch an den Flügel
	Werde ich mich dort nicht setzen
Elsa	Wir werden sehn
	Wir müssen auch ans Geschäft denken
	Du setzt dich spontan
	Wie du es immer machst
	An den Flügel
	Und gibst ein Liedchen zum Besten
	Das alle himmlisch finden werden
	So einfach ist das
	Du bist nun mal
	Wie du es einmal so schön gesagt hast
	So etwas wie ein Clown
	Den alle lieben
Cole	Clown Clown Clown
Katie	Welche Chance
	Vor dem Duke on Windsor auftreten
	Zu dürfen
Elsa	Er wird nicht auftreten
	Er wird
	Wenn er bei Laune sein wird
	Sich spotan an den Flügel setzen und …
Linda	Du kennst ihn gut
	Wo wären wir liebe Elsa ohne dich

Cole springt auf, um Linda galant die Hand zu küssen und um sich danach gleich wieder an den Flügel zu setzen und am Lied ‚Be a Clown' rumzuklimpern.

Cole	So einfach wie Lieb-Elsa es sich vorstellt

	Ist es nicht
	Nicht einmal für einen Clown Clown Clown
Elsa	Doch doch genau so einfach ist es
	Man muss nur bereit sein
	Kompromisse zu machen
	Da fällt selbst dir Cole-Darling
	Kein Stein aus der Krone
	Wenn du dich mal herablässt
	Das zu machen was alle machen
	Die vernünftig sind
	Kompromisse
Cole	Sei ein Clown sei ein Clown
	Sei ein Clown
	Bin ich alle
	Bin ich vernünftig
Elsa	Ich habe keine weitere Zeit zu verlieren
	Meinen Wunsch
Cole	Befehl
Elsa	Habe ich platziert
	Es muss und dann o Wunder
	Wird geschehen
	Was mein Herz begehrt
Cole	(*lachend*) Du alte dicke hässliche Hexe

Elsa streckt ihm die Zunge raus und macht ihm die lange Nase; Linda sieht kopfschüttelnd weg, Kate schaut indigniert weg.

VIERTE SZENE

Salon in New York

Cole, Katie, Linda, Elsa, Monty

Bevor Elsa sich entfernen kann, taucht Monty auf, umfasst Elsa und tanzt mit ihr zu Coles Geklimper von „Be a Clown".

Monty	Was sehe ich Party Party Party
	Ihr wagt es ohne mich zu feiern
Elsa	Er hat uns gerade noch gefehlt
	Cole bitte ihn eine Besorgung
	Für dich zu machen
	Ich denke das Wichtigste nun ist
	Dass wir das Timing meines Empfangs
	In Ruhe haargenau besprechen
	Damit dein Auftritt
	Spontan und
	Aus dem Moment gewachsen erscheint
	Muss minutiös planen
Katie	(*zu Monty*) Der Duke of Windsor
	Und seine Wallis Simpson
	Werden da sein
Linda	(*zu Cole*) Mach nicht so ein Gesicht
	Gute gesellschaftliche Vernetzung
	Ist für dich und dein Geschäft essentiell
Cole	Geschäfte
	Ihr Krämerseelen
Linda	(*lachend*) Die Vorstellung
	In Gesellschaft zu gehen
	Stinkt meinem lieben Cole immer gewaltig
	Weil er sich dann von seinem

Flügel trennen muss
Kaum aber ist er unter Leuten
Blüht er auf
Und ist in seinem Element

Cole klimpert „Be a Clown" und Monty betätigt einen Klingelknopf. Wenig später erscheint der Butler. Monty flüstert mit ihm. Der Butler nickt, verschwindet kurz und erscheint dann mit einer Flasche Perrier-Jouet Champagner und der richtigen Anzahl Gläser. Cole steht vom Flügel auf, küsst die Rechte von Linda. Die Gruppe schart sich um den Diener, der die Champagnerflasche öffnet, die Gläser füllt und jedem, ausser Cole ein Glas reicht, weil Cole bereits wieder am Flügel sitzt. Der Diener stellt Coles Glas auf den Flügel. Cole spielt mit einer Hand weiter und tätschelt mit der anderen den Hintern des Butlers, der es grinsend geschen lässt. In dem Moment wendet Linda ihren Blick zu den Beiden, nimmt diese Handlung mit saurer Miene wahr, wendet sich demonstrativ ab und stiert eine Wand an. Der Butler bemerkt, dass Linda Cole und ihn beobachtet hat, wird total verlegen, zieht sich rückwärts gehend zurück, Cole und dem Rücken der Linda immer wieder in Entschuldigung zunickend. Cole gesellt sich zu den Andern, küsst als Erstes nochmals die Rechte von Linda. Sie lächeln sich zu. Cole zuckt mit den Schultern.

Monty	Champagner
	In homöopathischen Dosen
	Ist die beste Medizin
	Und hebt die vermasselte Stimmung
Linda	Lassen wir uns die Stimmung je vermasseln
Elsa	Cole es ist für dich wahnsinnig wichtig
	Dass die Zeitung über gute Auftritte
	Von dir berichten
	Das nimmt den Unkenrufen

	Der Kritiker
	Den Wind aus den Segeln
	Wenn englische höchste Aristokratie
	An meinem Empfang ist
	Wollen alle Zeitungen darüber berichten
Cole	Das Boulevard
Elsa	Hauptsache
	Dein Name wird oft erwähnt
Linda	(*zu Monty über Cole und Elsa*)
	Was sich liebt das streitet sich
	Es ist jedoch kein Streit
	Jedes sagt seine Meinung
	Und damit hat es sich
Monty	In dem Fall
	Ein dreifaches Hoch
	Auf Elsa und Cole
	Hoch sollen sie leben
	Hoch hoch hoch

Cole singt nun ‚Be a Clown‘ und begleitet sich selber auf dem Flügel.

> *Be a clown, be a clown,*
> *All the world loves a clown*
> *Act the fool, play the calf,*
> *And you'll always have the last laugh.*
> *Wear the cap and the bells*
> *And you'll rate with all the great swells.*
> *If you become a doctor,*
> *Folks'll face you with dread,*
> *If you become a dentist,*
> *They'll be glad when you're dead,*
> *You'll get a bigger hand*
> *If you can stand on your head,*

Be a clown, be a clown, be a clown
Cole Porter, Be a Clown, 1946/8

Als Erste geht Elsa selbstbewusst weg, dann auch Linda und zuletzt zügernd Katie.

FÜNFTE SZENE

Salon in New York

Cole Monty

Cole klimpert weiter auf dem Flügel herum..

Monty	Aus die Maus
	Wir sind überflüssig
Cole	Überflüssig überflüssig
Monty	Deine Weiber überlassen
	Uns uns selber
	Freiheit die ich meine
	Und die wir nutzen müssen
Cole	Überflüssig überflüssig

Cole beginnt zögerlich, doch in Gedanken versunken, eine neue Melodie, ‚The Extra Man'. Redet nebenher, ohne zu Monty hinzuschauen.

Cole	Schau auf dem Tisch dort drüben
	Das goldene Zigarettenetui
	Das meine liebste Linda
	Mir zur Premiere

	Des Musicals ‚Jubilee' am Broadway
	Geschenkt hat
Monty	Dann hält sie an ihrer Tradition fest
	Und schenkt dir zu jeder Premiere
	Ein goldenes Zigarettenetui
Cole	Immer hübsch entworfen
	Von diesem diesem diesem
	Star-Designer bei Cartier
Monty	Dem Herzog von Verdura
Cole	Richtig
	Verdura
	Unser Freund Fulço
	Diesmal Rosé-Gold
	Mit Aquamarinen
Monty	Und der Inschrift
	Graviert auf der Innenseite des Deckels
	‚Meinem liebsten Cole
	Zur Premiere von Jubilee
	Linda'
Cole	Doch leider leider ist die Sache
	Mit meinem ‚Jubilee' total
	In die Hose gegangen
	DIE Katastrophe
	Ich hatte 15'000 Dollar
	In die Produktion investiert
	15'000 Dollar
	Nun ist das ganze Geld weg
	Stell dir vor
	Nie nie mehr
	Werde ich auch nur einen Cent
	In eine eigene Produktion investieren
	Die Leute verstehen mich nicht
	Mit meinen Werken

Werfe ich Perlen vor die Säue
Applaudieren feiern jubilieren
Das tun die Leute gerne
Doch in die Inhalte
Die man ihnen vorsetzt
Einzutauchen
Das ist zuviel verlangt
Dafür sind die Leute zu träge
Man applaudiert
Wenn es schick ist zu applaudieren
Applaus Applaus
Der Rausch beim In-die-Hände-Klatschen
Und Bravo-Rufen
Und mit dem Aufspringen
Teil einer Standing Ovation zu sein
Die Berauschung vom Dabeisein
Als Claqueur
Doch Obacht
Das Publikum ist nicht die Fachwelt
Auf die es letztlich ankommt
Die Produzenten des Broadway
Posaunen herum
Ich sei mit meiner Kreativität am Arsch
Die Kritiker zerfetzen das Stück
Und schon steckt man bis zum Hals
In der Scheisse
Theoretisch
Doch ich bin ein Clown
Ein Lückenbüsser
Ein überflüssiger Mann
Und mache munter weiter
Was kümmert mich
Das Geschwätz der Besserwisser

Ich ziehe meine Konsequenzen
Investiere nie mehr eigenes Geld
In eigene Werke
Wenn die Fachwelt mich als Versager sieht
Pfeife ich auf die Fachwelt
Und mache weiterhin mein Ding
Ich pfeife auf die ganze Gesellschaft
Die ich immer als Clown unterhalten soll
Irrtum
Ich bin zu neugierig
Darum gehe ich in Gesellschaft
Der ich mich
Mit gemischten Gefühlen stelle
Hole mir dort Anregungen
Für meine Musik meine Lieder
Empfänge der besten Gesellschaft
Sind nun mal
Dem Himmel sei's getrommelt und gepfiffen
Total spannend
Wenn du gerne scharf beobachtest
Die Verhaltensmuster durchschaust
Und sie satirisch hinterfragst
Das gesellschaftliche Leben
Ist zu meinem Lebensmittelpunkt geworden
Ich bin der gezähmte Partylöwe
Zu dem Linda und Elsa mich gemacht haben
Ich spiele munter mit
Doch niemand nimmt mich wirklich ernst
Klar
Ich geniesse die applaudierenden Hände
Der Leute
Ihre Bravorufe
Und die Freude die sie an meinem Spiel zeigen

Doch letztlich ist mir einzig wichtig
Dass Musik und saftige Texte
Spontan aus meiner Imagination fliessen
Ich bin als dieser Clown ein Niemand
Das fünfte Rad am Wagen
Der überflüssige Mann
The Extra Man

Cole singt und spielt ,The Extra Man'

> *I'm an extra man, an extra man,*
> *I've got no equal as an extra man,*
> *I'm handsome, I'm harmless,*
> *I'm helpful, I'm able,*
> *A perfect fourth at bridge*
> *Or a fourteenth at table.*
> *You'll find my name on ev'ry list,*
> *But when it's missing,*
> *It's never missed.*
> *And so I live untill that fatal day,*
> *The press will tell you*
> *That I've passed away,*
> *And you will feel sad*
> *As the news you scan,*
> *For that means one less extra man.*
>> *Wake up and dream, 1929 : ,The Extra*
>> *Man', Cole Porter*

Monty   Unsinn
Deine Lieder gehen um die Welt
In der Unterhaltungsbranche
Bist du ein Superstar
,Anything Goes' hat deinen Ruhm

	Als exzeptioneller Broadway-Komponist
	Erst so richtig begründet und gefestigt
Cole	Das ist einige Jahre her
Monty	Du bist jemand
	Stell dein Licht nicht unter den Scheffel
	Trödel nicht rum
	Befiehl deinen Cadillac
	Und deinen hübschen Chauffeur
	Vor die Türe
	Mich reisst's nach Harlem
	Nachdem wir uns
	Aus deiner Gesellschafts-Satire
	Gerettet haben
	Reiss dich endlich
	Von deiner einzigen wahren Liebe
	Deinem Flügel los
Cole	Ich überlebe die Feststellung der Produzenten
	Dass ich mit meiner Kreativität am Arsch bin
	Ich mache einfach munter weiter
	Und schere mich nicht um das Gerede
	Du triffst den Nagel auf den Kopf
	Ich lebe eine Satire
	Staune selber
	Wie meine dominante Katie the Great
	Oder meine mich straff organisierende Linda
	Oder die liebe Freundin Elsa
	Die meinen Ruf und mich schamlos
	Für ihre eigenen Geschäfte und Interessen
	Ausbeutet
	Mich nicht unterkriegen
Monty	Ich habe mich schon längst gewundert
	Wie du diese Weiberwirtschaft aushältst
Cole	Ich liebe diese Frauen eben

Sie haben mir mein Leben gegeben
Das vergesse ich ihnen nie
Und Frauen sind die besseren Wesen
Ich liebe sie
Und fühle mich in ihrer Gesellschaft
Wohler als in der von Männern
Und eines noch
Unterschätze das Charmieren nicht
Spielst du deinen Charme aus
Fliegt dir die Aufmerksamkeit der andern zu
Und du kannst dich
Locker über schwierige Situationen
Hinweg retten
Selbst wenn Frauen dich pausenlos
Oft auch gegen deinen Willen organisieren
Ich überlebe fröhlich
Mein Dasein hat so etwas Surreales
Es ist als ob ich
Mein schärfster Beobachter bin
Und amüsiert beobachte
Was mir in meinem Leben zufällt
Okay dann und wann
Stösst mir dies und das sauer auf
Doch irgendwie stinkt es mir
Mich in eine Depression treiben zu lassen
Und den Clown
Mit hängendem Kopf
Und Blick ins Leere zu spielen
Mich als traurige Nummer
Zu zelebrieren

Monty   Sei glücklich
Über deine fröhliche Natur
Der Natur des enzigartigen Cole Porter

Und feiere dein Glück
Komm hauen wir ab
Was zögerst du
Befiel deinen so hübschen Chauffeur
Mit deinem so hübschen Cadillac
Vor die Türe
Ich bin schon ganz kribbelig
Clint Moore hat mir zugeflüstert
Dass er in seinem Haus in Harlem
Eine Arrivage von neuen knackigen Kerls
Aus Brasilien hat
Die zu vernaschen
Ein besonderes Vergnügen sein muss

Cole klimpert „Find me a primitive man".

Monty	Trödel nicht rum
	Reiss dich von deinem Geliebten
	Deinem Flügel endlich los
	Harlem ruft
	Was ist
	Dieses Lied ist super
	Komm komm
Cole	Meine gute Linda weiss
	Dass wir es in Harlem treiben
	Und was wir dort treiben
	Für sie ist es in Ordnung
	Solange wir es diskret tun
	Doch neulich hat Natasha mich
	Mit unschuldigem Augenaufschlag gefragt
	Ob das was ihr neulich
	Von jemandem zugetragen worden sei
	Dass du und ich in Harlem

Ein Männerbordell frequentierten
Zutreffe oder bloss eine
Böse Verleumdung sei
Wenn solches Geschwätz die Runde macht
Und unsere prüden Freunde
Uns scheel anschauen
Zu schneiden beginnen
Ich darf nicht daran denken
Es wäre katastrophal
Die Gesellschaft
Die bessere Gesellschaft
Auf die wir angewiesen sind
Und in der wir uns bewegen
Ist noch nicht so weit
Unsere Lebensart zu akzeptieren

Monty   Du und deine Ängste
Wer sind wir denn
Uns davon beeindrucken zu lassen
Unterbrich dein hübsches Lied
Kannst nach unserem Besuch in Harlem
Da wieder einsetzen
Wo du jetzt aufhören musst
Unsere Triebe drängen
Oder etwa nicht –
Die Paley ist eine Zicke
Tratsch und Klatsch geht ihr über alles
Wenn man bloss böse
Über andere reden kann

Cole   Zieh nicht schon wieder
Über Natasha los
Sie ist voll in Ordnung
Ich mag sie sehr
Und sie hat nicht getratscht

	Sie hat mich bloss gewarnt
	So lieb von ihr
	Wir müssen immer wissen
	Was über uns geredet wird
Monty	Richtig
	Damit unser Zuckerpapier nicht abschlägt
Cole	Meine liebe Linda
	Wollte mich kurz nach unserer Hochzeit
	Ins Komponieren von
	Klavierkonzerten Symphonien
	Und sogar Opern hineinbugsieren
	Sie hatte sogar
	George Bernard Shaw angeschrieben
	Und ihn gebeten
	Ein Opernlibretto für mich zu schreiben
	Zum Glück hat er nie etwas geliefert
Monty	Dein Glück
	Sonst wärst du nicht
	Wo du heute bist
Cole	Als der von dem die Kritiker sagen
	Dass er seinen eigenen Standard
	Nicht mehr erreicht
	Und über das was ich schreibe
	Ihre Nasen rümpfen
	Damals als ich mich
	Der Klassik gewidmet hatte
	Hatte Irving Berlin abgewunken
	Er riet mir die Schola Cantorum in Paris
	Zu schmeissen
	Und mein Ding zu machen
	Weil ich die Grenzen
	Nur so sprengen könne
	Ja

Komm wir gehen

Cole klingelt. Sein Diener erscheint. Cole flüstert ihm
Anweisungen zu. Der Diener nickt und verschwindet wieder.

Monty   (*pfeift*) Was für ein Leckerbissen
                     An dem zu knabbern
                     Eitel Freude sein muss
                     Wir brauchen primitive Männer
Cole   Dein Hang zum Dienstpersonal
                     Widerlich
                     Man nimmt ihre Dienste in Anspruch
                     Sonst sieht man sie nicht
                     Nimmst du im Ernst an
                     Ich sei scharf darauf
                     Allenfalls von ihm
                     Seinen Freunden oder seiner Familie
                     Erpresst zu werden
                     Zudem sind grüne Jungs
                     Zu unbeholfen
                     Die Kerle bei Clint Moore
                     Sind gut eingeritten
                     Und wissen was die Kunden wünschen
Monty   Überhaupt kein Verlangen
                     Diesem hübschen Kerlchen
                     An die Wäsche zu gehen
Cole   Findest du ihn hübsch
                     Linda hat ihn für mich ausgewählt
                     Mag sein dass er hübsch ist
                     Doch Bedienstete sind tabu
                     Komm komm
                     Er wird inzwischen
                     Den Cadillac vorgefahren haben

SECHSTE SZENE

Nebenzimmer in New York

Linda, Elsa

Linda und Elsa sind in einem Nebenzimmer.

Linda	Elsa nimm es mir nicht übel
	Ich sehe mich gezwungen
	Kürzer zu treten
	Mein Emphysem
	Die Ärzte raten mir
	Mich unbedingt zu schonen
	Du weisst schon
	Wie schwer mir das Atmen fällt
Elsa	Linda-Liebes
	Du benötigst auch Ablenkung
	Ziehe dich nicht zurück
	Du bist eine wichtigste Person
	In unseren Kreisen
	Ohne dich
	Sind die New Yorker Café Society
	Das Pariser Tout Paris
	Das internationale Set nichts
	Du bist eine Power Frau
	Alle sind hin von deiner Liebenswürdigkeit
	Und deinem Sinn für alles Schöne
	Du stehst für den guten Geschmack
	Und deine Wirkung auf die Menschen

Ist phänomenal
Du hast das wilde Leben von Cole
In sichere Bahnen gelenkt
Ihn dazu gebracht
In Paris ernsthaft Musik
An der Schola Cantorum zu studieren
Und hast ihn damit gerettet
Und zu dem gemacht was er heute ist
Was ist der eigentliche Grund
Dass du jetzt
Ausgerechnet jetzt nicht mehr willst
Deine Probleme mit Asthma
Hast du schon lange
Und du hast sie wie mir scheint
Recht gut im Griff
Es muss etwas anderes dahinter stecken
Wir kennen uns zu gut
Mir kannst du nichts vormachen
Sind es die Gerüchte
Dass Cole und Monty und andere
Zu viele Feste
In diesem Luxus-Bordell in Harlem feiern
Lass die Leute reden
Das Geschwätz
Braucht dir nicht peinlich zu sein
Sie können dir und Cole nichts anhaben
Dafür sitzt ihr zu gut in euren Sätteln
Cole ist nun mal ein Paradiesvogel
Der für sein buntes Gefieder bestaunt wird

Linda	Ich trenne mich von Cole
	Ich rede zum ersten Mal
	Mit jemandem darüber
	Mit dir

Ich halte es nicht mehr aus
Es sind nicht seine Geschichten mit Männern
Es ist sein umtriebiges Leben
In Hollywood mit all
Den oberflächlichen Vergnügen
Den oberflächlichen Leuten
Die so stolz
Auf ihren protzigen Lebensstil sind
Widerlich
Es ist alles so gewöhnlich
So überhaupt nicht mein Stil
Ich fühle mich echt fehl am Platz
Daher muss ich jetzt
Meine Konsequenzen ziehen
Cole ist irgendwie blind geworden
Erkennt nicht
Wie beliebig
Und oberflächlich sein Leben geworden ist
Und wie gewöhnlich
Er in den Tag hinein lebt
Strohfeuerchen um Strohfeuerchen entfacht
Doch nie einen echten Flächenbrand

Elsa   Weiss Cole bereits
Dass du dich von ihm trennen willst

Linda   Er wird es bald erfahren
Wir haben uns gegenseitig entfremdet
Die ursprüngliche Vertrautheit
Ist verflogen
Unser System funktioniert nicht mehr

Elsa   Ihr seid das perfekte Team
Wie kommst du bloss auf diese Idee
Reiss dich gefälligst zusammen
Niemand würde dich verstehen

Gerade jetzt ist es besonders wichtig
Dass ihr wie Pech und Schwefel zusammenhält
Ich meine
Verzeih mir meine Offenheit
Der liebe Cole ist in einer Krise

Linda   Krise
Ach wo
Seine Lieder sind die grössten Hits
Sie werden überall gespielt
Und die Menschen sind verrückt nach ihnen

Elsa   Du fällst auf jeden Kitsch rein
Auf die Produzenten
Vom Broadway und von Hollywood
Kommt es an
Sie haben das Sagen
Bei ihnen hat das Zuckerpapier
Unseres lieben Cole abgeschlagen
Nimm es nicht tragisch
Du und Cole
Ihr seid nach wie vor
In der besten Gesellschaft hier
Und in Europa
Trendsetter
Das angesagteste Paar
Das an jedem Empfang
Jeder Party jedem Ball
Die Krönung ist
An eurem Lebensstil ändert sich nichts
Doch Cole muss checken
Dass er zwar Grosses geleistet hat
Während den schwierigen Zeiten
Der Wirtschaftskrise und der Depression
Die Menschen mit ausgesuchtesten

Kompositionen und Liedtexten
Erheitert hat
Und mit dem Musical ‚Anything Goes'
Ein Meisterwerk geschaffen
Und der Welt bewiesen hat
Dass es eine neue Form
Des Musiktheaters gibt
Die auch ernsthaft an Musik
Interessierte Kenner ernst nehmen müssen
Er hat uns sein Genie gegeben
Doch jetzt ist sein Stern am Sinken
Besser er zieht sich freiwillig zurück
Bevor alle Türen vor seiner Nase
Zugeschlagen werden
Ich werde versuchen
Ihm dies schonend beizubringen

Linda   Er hat ja immer noch die Option
Auf ernsthafte Musik umzuschalten
Schliesslich hatte ich ihn dazu gebracht
An der Schola Cantorum
Musik zu studieren

Elsa   Er mag es zwar witzig finden
Dass Lieder von ihm
Wegen anrüchiger Texte verboten werden
Doch abgleiten in die untersten Schubladen
Darf er nicht
Es hätte noch gefehlt
Dass er ein Liedchen
Über seine Gonorrhoe schreibt
Sodomie Fellatio Cunnilingus
Zuzutrauen ist es ihm

Linda   Das ist ja haarig Elsa
Was du Cole hier unterschiebst

	Wo ihr so dicke Freunde seid
Elsa	Dick bin ich
	Er ist es nicht
	Wir müssen zusammenhalten Linda
	Du organisierst Cole qualitativ
	Ich organisiere ihn geschäftlich
	Du bleibst bei Cole
	Du musst bei ihm bleiben
	Sonst ist er verloren
Linda	Wir tauchten gemeinsam
	Während gut 20 Jahren
	Zum beidseitigen Vergnügen
	In anregendste Gesellschaften ein
	Unser Stil unser Leben
	Unsere Feste Bälle und Empfänge
	Unsere Reisen zwischen den Kontinenten
	Unsere Wohnsitze in Paris und New York
	Dann wieder in Venedig
	Waren schön
	Seit einiger Zeit schon
	Ist Cole hin und weg
	Vom schrillen Leben Hollywoods
	Ich halte das nicht aus
	Ich ziehe wieder nach Paris
	An die rue Monsieur
	Das Haus haben wir vor Jahren
	Als Wohnsitz aufgegeben
	Doch ich habe es behalten
	Die Scheidung wird angezeigt sein
Elsa	Du bist heute so schlechter Laune
	Cole liebt dich
	Er braucht dich
	Ohne dich gerät er tatsächlich

	In falsche Gesellschaft
Linda	Auch ich liebe ihn
	Das Leben jedoch das er jetzt führt
	Kann und will ich nicht teilen
	Er hat genügend Freunde
	Er wird es überleben
	Er ist ein Überlebenskünstler
	Und nimmt nichts wirklich ernst im Leben
Elsa	Er wird sich zumindest
	Seinen Schmerz nicht anmerken lassen
Linda	Oder eine Art von Trauer munter spielen
	Weil Trauer sich
	In einer solchen Situation gehört
	Er ist ein Schauspieler
	Wer er tatsächlich ist
	Ist kaum zu erkennen
Elsa	Er ist seine Kreativität
	Und davon profitieren wir und die Welt
	Indem er uns
	Mit seinen Liedern beschenkt
	Ohne dich wäre er nie geworden
	Was er ist
	Du hast seine zügellose Kreativität
	In sichere Bahnen gelenkt
	Und ihm mit deinen
	Gesellschaftlichen Beziehungen
Linda	Die du nota bene arrangierst
Elsa	Ein Umfeld geschaffen
	Das ihn inspiriert
	Und das er aufs Korn nehmen kann
	Sehr zum Gaudi derer
	Die nicht zu dieser
	Besseren Gesellschaft gehören

Linda	Ja ja ich hatte ihn damals in Paris
	Angehalten Musik und Komposition
	Seriös zu studieren
Elsa	Daher kommt auch
	Das Raffinement seiner Lieder
	Die den Drive von Mozart-Arien haben
Linda	Übertreibe nicht
Elsa	Mozarts beste Arien
	Wurden damals ebenfalls
	Zu Gassenhauern
	Wie Coles beste Lieder heute

ZWEITER AKT

ERSTE SZENE

Salon in New York

Cole, Elsa, Monty, Butler

Elsa, Monty und der Butler stehen beisammen, während Cole auf dem Flügel spielt und dazu singt, ,After you, who?'

.

> *Though with joy I should be reeling*
> *That at last you came my way,*
> *There's no further use concealing*
> *That I'm feeling far from gay.*
> *For the rare allure abut you*
> *Makes me all the plainer see*
> *How inane, how vain, how empty*
> *Life without you would be*
> > *'Gay Divorce, 1932, ,After you, who ?',*
> > *Cole Porter*

Cole achtet nicht auf das, was Elsa, Monty und der Butler hinter seinem Rücken reden.

Elsa   Er singt sein altes Lied
                 ,After you, who'
                 Was kommt nach dir
                 Aus seinem Musical ,Gay Divorce' 1932

	Damals war die imaginierte Scheidung
	Die zu einem Musical geworden war
	Noch fröhlich gewesen
	Ironie des Schicksals
	Heute ist seine echte Trenung
	Nicht ganz so fröhlich …
	Und so geht es bereits die ganze Zeit
Butler	Seit Miss Porter nach Paris gereist ist
	Er ist der Alte
	Doch hat er mir strikte Anweisung gegeben
	Keine Telefongespräche durchzustellen
	Und alle Besucher abzuwimmeln
	Ich hätte selbst sie beide
	Nicht hereinlassen dürfen
Elsa	Wir nehmen alle Schuld auf uns
	Sie sind raus aus dem Schneider

Der Butler ab.

Monty	Was für ein Zufall und Glück
	Dass du ausgerechnet in dem Moment
	Angestürmt kamst
	Als ich bei Ray dem Butler
	Angebrannt war
	Ich hätte nie gewagt
	Ihn so in den Senkel zu stellen
	Wie du es machst
	Und uns entgegen der Meinung
	Von Ray hier hinein gelotet hast
Elsa	Wir sind älteste und beste Freunde von Cole
	Und sind es ihm
	In dieser Freundschaft schuldig
	Dass wir uns um ihn kümmern

	Er soll uns später einmal
	Keine Vorwürfe machen können
	Wir hätten uns nicht um ihn bemüht
Monty	Eben

Cole klimpert auf dem Flügel rum und spricht wie im Selbstgespräch.

Cole	Beschämend
	So sehr auf eine einzige Person
	Fixiert zu sein
	Von ihr abhängig zu sein
	Und es nicht zu schaffen
	Sie auf Dauer an einen zu binden
	Ich bin der Clown der Lückenbüsser
	Den alle lustig finden
	Solange er sich lustig präsentieren kann
	Doch jetzt hat mich die Frau verlassen
	Die mir die Kraft gegeben hat
	Der zu sein der ich bin
	Vor Männern
	Das ist die Wahrheit
	Und vor meiner Männlichkeit
	Habe ich Angst
	Fühle mich jedem Mann
	Als Gegenüber unterlegen
	Jage wilden Kerlen nach
	Und glaube da
	Mir das Geheimnis der Männlichkeit
	Zu ergründen
	Doch bloss im Schoss
	Von wunderbaren Frauen
	Fühle ich mich echt geborgen

Und kann frisch frei und fröhlich
Der sein der ich bin
Nun ist klar
Dass ich es nicht geschafft habe
Die Frau die mein Eins und Alles ist
Der ich alles verdanke
So an mich zu binden
Dass sie auf Dauer bei mir bleibt
Bei diesem Clown und Lückenbüsser
Ich amüsiere sie nicht länger
Sie rümpft ihr Näschen
Und wendet sich von mir ab
Was soll nun aus mir werden
,Der Mohr hat seine Schuldigkeit getan
Der Mohr kann gehen'

Cole verstummt und klimpert weiter auf seinem Flügel herum.
Nach einem kurzen Schweigen ergreift Elsa als Erste das Wort.

Elsa   Wenn er bloss nicht
                Auf die hirnrissige Idee verfällt
                Linda hinterher zu reisen
                Sie in Paris zu belästigen
                Sie meint es ernst
                Ist am Ende mit ihren Nerven
                Dann ihr Asthma
                Das immer schlimmer wird
                Die Ärmste
                Doch sie ist eine starke Frau
                Die weiss was sie will
                Und danach handelt
                Letztlich ist es auch gut so
                Endlich Zeit dass Cole erwachsen wird

	Und lernt auf eigenen Füssen zu stehen
	Genug alt ist er
	Mit seinen 45 Jahren
Monty	Ich wollte ihm vorschlagen
	Dass ich einen Europa-Trip organisiere
	Um ihn auf andere Gedanken zu bringen
	Eine Wandrung durch Dänemark
	Schweden Finnland Polen und Deutschland
	Bestimmt wären Howard Sturges
	Und Ed Tauch mit von der Partie

Unversehens steht Cole auf und geht, ohne die anderen eines Blickes zu würdigen hinaus.

Elsa	Bestimmt ist er sauer
	Du hast doch auch mitbekommen
	Dass er gleich nach Lindas Abreise
	Nichts Besseres zu tun wusste
	Als wieder nach Hollywood zu reisen
	Um mit denen ins Geschäft zu kommen
	Wovon er sich so viel verspricht
	Die Aptheose eines Mannes
	Der der vielversprechendste Stern
	Am Broadway-Musical-Himmel gewesen war
	Traurig traurig
	Mist
	Jetzt ist er uns wieder entwischt
Monty	Es würde mich nicht wundern
	Wenn Cole an den Schalter
	Der Trans World Airlines stürzt
	Für morgen einen netten Platz
	Im Transatlantic Clipper
	Nach Paris kauft

	Das wäre reinster Cole Porter
Elsa	Ich hätte Cole unbedingt
	Ins Gewissen reden sollen
	Dass er sich weniger auf
	Einzelne Liedchen konzentrieren soll
	Als darauf gute Stückeschreiber zu finden
	Die ihm gute Stücke schreiben
	In denen seine Musik und seine Lieder
	Glänzen können
	Schliesslich haben seine Lieder
	Das Potenzial
	Um die ganze Welt zu gehen
	Es ist so schade
	Dass er vor lauter Geklimper
	Vergisst worauf es ankommt
	Ja ja echt
	Linda fehlt ihm
	Mit ihrer Hilfe hätte er vielleicht
	Die Kurve aus seinem kreativen Tief
	Geschafft
	Schade schade
	Jetzt muss ich ihn organisieren
	Wir wollen unseren Cole
	Nicht vor die Hunde gehen lassen
	Jetzt muss etwas geschehen
	Bevor er noch ganz verkommt
Monty	Wo nimmst du bloss
	Deine Zauberkraft her
	Du alte Hexe
Elsa	Herrjeh wo ist mein Besen
	Ich habe meinen Besen
	Irgendwo stehen lassen
	Ohne meinen Besen

Bin ich keine richtige Hexe
Süsser kleiner Monty
Du entschuldigst mich

*Elsa tätschelt dem grossen, stattlichen und bärtigen Monty eine
Wange und will verschwinden, stösst dabei mir dem Butler
zusammen, der in den Raum zurückkommt.*

Butler   Ich habe soeben zufällig beobachten können
      Wie Mister Porter
      An den Schalter
      Der Trans World Airlines getreten ist
      Und im Transatlantikclipper nach Paris
      von morgen
      Einen Platz gewünscht hat
      Dringend hat er noch gesagt …

ZWEITE SZENE

Telefongespräch in Paris

Cole, Linda

*Cole steht im Hotel Ritz in Paris in seinem Hotelzimmer vor dem
Telefonapparat und zögert, bis er sich überwindet, den Telefonhörer
zu ergreifen.*

Cole   Hier ist Mister Porter
      Würden sie mir bitte
      Eine Verbindung mit Miss Porter

13 rue Monsieur hier in Paris
Herstellen
Ich warte

Linda eilt in ihrem Haus in Paris ans Telefon.

Cole	Linda-Darling Scheusälchen
Linda	Cole
	Was hast du mir zu berichten
	Wo bist du
	Weshalb rufst du an
	Rede endlich
Cole	Ich bin zufällig in Paris
Linda	In Paris
Cole	Im Ritz
	Und da dachte ich
	Wenn ich schon hier bin dann …
Linda	Ja
Cole	Wenn es dich nicht stört
	Ich will dich nicht stören
	Könnte ich an die rue Monsieur kommen
Linda	Ich bin nicht vorbereitet
	Um Gäste zu empfangen
Cole	Bin ich ein Gast
Linda	Du kennst mich
	Als Gastgeberin bin ich Perfektionistin
	Sollte es
	Etwas Dringendes zu besprechen geben
	Könnte ich rasch ins Ritz kommen
	Und dich an der Bar treffen
Cole	Nein nicht nötig
	Ich hatte bloss gedacht
Linda	Du bist hoffentlich nicht hergekommen

	Um meinen Entschluss
	Ins Wanken zu bringen
	Das wäre aussichtslos
Cole	Nein nein nein
Linda	Geschäfte in Paris
Cole	Nein
Linda	Was dann
Cole	Monty organisiert
	Eine Wandertour durch halb Europa
Linda	Schön
	Wann geht es los
Cole	Ed und Howard
	Werden mit von der Partie sein
Linda	Toll
	Es wird dir gut tun
	Wann geht es los
	Schon bald
Cole	Das heisst
	Monty hat den Vorschlag
	Erst vage gemacht
Linda	Verstehe
	Amüsiere dich gut in Paris
	Und schreibe mir eine Postkarte
	Von eurer Wandertour
	Dein Anruf hat mich gefreut

Linda hängt auf. Cole legt seinen Telefonhörer ebenfalls auf und ist sichtlich enttäuscht.

DRITTE SZENE

Kreidefelsen auf Rügen

Cole, Monty

Rast auf einem Felsen mit Ausblick aufs weite Meer.

Cole	Herrlich herrlich
Monty	(*lachend*) Ja ja
Cole	Alles zu geben
	Zu erleben man schafft es
	Den Aufstieg
	So bemühend er auch sein mag
Monty	(*lachend*) An dir ist ein Schauspieler
	Verloren gegangen
Cole	Siehst du die Schönheit der Natur nicht
	Schwelgst du nicht auch
	In der körperlichen Erschöpfung
	Wenn man die Etappe geschafft hat
Monty	(*lachend*) Ehrlich
	Dich gurkt unsere Wanderung an
	Du willst dir bloss beweisen
	Dass du kein Spielverderber bist
	Mir kannst du nichts vormachen
	Wenn du dich so euphorisch gibst
	Ist alles künstlich
	Dich zieht es nachhause
Cole	(*lachend*) Meinen liebsten Monty
	Kann ich nicht hinters Licht führen
	Dass ich es nicht schaffe
	Dich glauben zu machen
	Unser Trip gefalle mir

	Ich bin der grösste Versager
	Verrate mich nicht den andern
Monty	Du hast etwas im Sinn
Cole	Klar
	Mein Leben ist zu einer Flucht verkommen
	Weil ich ohne Linda am Arsch bin
	Bin ich nach Paris geflohen
	Um sie zurückzuerobern
	Doch zum Kämpfer tauge ich nicht
	Also fliehe ich mit euch
	Durch halb Europa
	Werde dabei jedoch
	So ganz und gar nicht froh
	Und jetzt fliessen plötzlich spontan
	Und unversehens
	Melodien und Texte aus mir heraus
	Die ich niederkritzle
	In der Dämmerung
	Wenn wir uns auftakeln
	Um den Abend zu feiern
	Und ich weiss
	Ich muss nachhause
	Muss schreiben schreiben schreiben
Monty	Ich sehe doch
	Dass du dich hier nicht
	Wirklich wohl fühlst
	Du spielst den Clown
Cole	Weil der Clown
	Meine Rolle in der Gesellschaft ist
	Sobald ich im Scheinwerferlicht stehe
	Spielt es sich wie von selber
	Aus mir heraus
	Sonst bin ich unerträglich

Ein Nichts
Als Nichts arbeite ich wie verrückt
Wenn ich nicht
Wie verrückt arbeite
Drehe ich durch
Und werde tatsächlich verrückt
Wie jetzt
Wo ich so total überdreht bin
Und allen auf den Wecker gehe
Weil ihr alle glaubt
Dass ich ohne sie nicht leben kann
Und ihr versucht mich aufzuheitern

Monty   Unsinn
Wir bewundern dich
Du kleiner Überlebenskünstler
Irgendwie seid ihr
Linda und du zu gegensätzlich
Sie lebt Exklusivität
In jedem Sinne dieses Wortes

Cole   Und ich lebe die Inklusion
Weil meine Neugierde mich dazu treibt
Jedem Dasein etwas abzugewinnen

Monty   Selbst deinen eigenen dunkelsten Seiten
Gegensätze wie Exklusivität und Inklusion
Ziehen sich an
Verzahnen sich eine Zeitlang bestens
Doch wir haben Linda überschätzt
Ihr ist die Kraft ausgegangen
Sich mit dem Andersartigen zu arrangieren
Sei froh dass ich so lange Zeit
So gut miteinander habt kutschieren können
Doch jetzt ist der Moment sich einzugestehn
Dass es nicht hat sollen sein

Cole	Ich werde heute beim Nachtessen erklären
	Dass ich leider leider …
	Ja da fällt mir ein
	Die Gräfin di Zoppola
	Hat mich für ein Wochenende
	auf ihren Landsitz Mill Neck
	Auf Long Island eingeladen
	Ich muss dringend nachhause nach New York
	Damit dich diese Einladung nicht verpasse
	Doch unter uns
	Ein kurzer Stopp in Paris muss sein
	Um abzuklären
	Ob ich Linda diesmal rumkriegen
	Und zur Rückkehr
	In unsere gemeinsame Wohnung in New York
	Bewegen kann
Monty	Und die Einladung der Gräfin di Zoppola
	Gibt es sie tatsächlich
	Falls du alleine in New York hockst
	Fällst du trotz deiner
	Äusserlichen Umtriebigkeit
	Unweigerlich in ein Loch
Cole	Ich und in ein Loch fallen
	Dass ich nicht lache
	Wenn ich meinen Flügel habe
	Schwebe ich auf Wolke sieben

VIERTE SZENE

Telefongespräch in Paris

Cole, Linda

Cole steht im Hotel Ritz in Paris in seinem Hotelzimmer vor dem Telefonapparat und zögert, bis er sich überwindet, den Telefonhörer zu ergreifen.

Cole	Hier ist Mister Porter
	Würden sie mir bitte
	Eine Verbindung mit Miss Porter
	13 rue Monsieur hier in Paris
	Herstellen
	Ich warte

Linda eilt in ihrem Haus in Paris ans Telefon.

Cole	Linda-Darling Scheusälchen
Linda	Cole
	Zurück von deiner Wanderung
	Wie war es gewesen
Cole	Gut
	Und wie geht es dir
Linda	Recht
Cole	Da ich so lange unterwegs war
	Weiss ich nicht
	Ob bereits Papiere von deinem Anwalt …
Linda	Wir wollen nichts überstürzen
	Wir werden uns nicht streiten
	Wann fährst du zurück nach New York
Cole	Ach ich habe so einige Pfeile

	Im Köcher
	Hollywood Broadway
	Und so weiter
	Falls du noch irgendetwas brauchst
	Solange ich in Paris bin
	Kann ich für dich …
Linda	So lieb
	Nicht nötig
	Ich komme gut zurecht
Cole	Kürzlich habe ich am Telefon
	Mum Katie the Great
	Gesprochen
	Sie lässt dich herzlich grüssen
	Sie ist untröstlich
	Dass es ich es bei dir vergeigt habe
	Sie hatte dich immer
	Als beste Schwiegertocher geschätzt
	Und hatte auch mehrmals gesagt
	Ich hätte eine so gute Frau wie dich
	Nie verdient
Linda	Richte ihr Grüsse von mir aus
	Ich liebe Mum
	Sie ist wunderbar
	Trage Sorge zu ihr
	Und lass alle unsere Freunde
	In New York grüssen
Cole	Wir werden uns also nicht sehen
Linda	Ich wünsche dir alles alles Gute
	Und dass du im Leben erreichst
	Was du dir wünschst
Cole	Tookie
	Du weisst schon die Gräfin di Zoppola
	Hat mich zusammen mit Freunden

	Für ein Weekend
	Auf ihren Landsitz Mill Neck
	An der Oyster Bay
	An der Goldküste von Long Island
	Eingeladen
Linda	Geniesse das Weekend
	Grüsse sie von mir
Cole	Sie wird sich über Grüsse von dir freuen
	Das wär's dann wohl gewesen
Linda	So lieb dass du angerufen hast
	Gute Heimreise

Linda hängt auf. Cole steht mit schmerzverzerrtem Gesicht da.

DRITTER AKT

ERSTE SZENE

Locust Valley in der Nähe des Landsitzes Mill Neck der Gräfin di Zoppola

Cole, Geräuschkulisse

Zuerst Cole beim Entscheid über seinen Zeitvertreib.

Cole Was ich unternehmen möchte
     Man kann ja nicht den ganzen Tag rumhängen
     Und sich volllaufen lassen
     Reiten
     Weshalb nicht einen Ausritt machen
     So richtig ländlich
     Reiten …
     Nein nein was fällt euch ein
     Diesen lahmen Gaul könnt ihr
     Mir nicht andrehen
     Das Pferd da
     Das hat Pfeffer im Arsch
     Los geht's

Ein akkustisches Bild: Waldlandschaft, ein Pferd gallopiert, schnaubt, dann wiehert es und fällt mit einem dumpfen und harten Aufschlag. Dann noch ein Aufschlag. Ein Mensch stösst

Schmerzensschreie aus. Noch einmal ein dumpfer Aufschlag. Noch
mehr Schwerzensschreie.

ZWEITE SZENE

Telefon zwischen New York, Peru Indiana USA, Paris

Arzt, Katie, Linda

Der Arzt, Katie und Linda sind je an drei von einander
abgetrennten Orten am Telefon.

Arzt	Spreche ich mit Miss Kate Porter
	Der Mutter von Mister Cole Porter
Katie	Die bin ich
	Ja
	Und wer sind sie
Arzt	Doctor Moorhead
	Vom Doctors Hospital in Manhattan
	Mister Cole Porter liegt auf meiner Abteilung
	Und ich habe dringend etwas zu klären
Katie	Mein Coalie im Spital
	Mein Gott
	Hoffentlich nichts Schlimmes
Arzt	Ich muss sie leider informieren
	Dass ihr Sohn
	Mister Cole Porter
	Einen schwersten Reitunfall erlitten hat
	Sein Pferd ist bei einem Ausritt gestürzt
	Mister Porter ist vom Pferd gefallen
	Das Pferd ist mit vollem Gewicht

	Zweimal auf ihn gefallen
	Das heisst seine beiden Beine sind
	Arg verletzt
	Ein Bein mit zwei
	Sehr komplizierten Frakturen
	Ääähh Knochenbrüchen
	Das andere zu Mus zertrümmert
	Mister Porter ist im Koma
	Indiziert ist die Amputation beider Beine
	Einen so schweren Eingriff
	Können wir nicht vornehmen
	Ohne zumindest Angehörige
	Konsultiert zu haben
Katie	Ich muss zu ihm ich muss zu ihm
	Ich werde gleich abreisen
	Ich ich ich
Arzt	Können sie als Mutter des Patienten
	Die Einwilligung
	Zur Amputation beider Beine geben
Katie	Doch nicht ich
	Seine Frau Miss Linda Porter
	In Paris
	Müssen sie fragen
	Ich bin bloss die Mutter
	Und habe in seinem Leben
	Nichts zu sagen
Arzt	Die Amputation beider Beine ist indiziert
Linda	Kommt überhaupt nicht in Frage
Arzt	Mögliches Wundfieber
	Bedroht sein Leben
Linda	Den Verlust seiner Beine
	Würde Cole nie überleben
	Ich verbiete ihnen …

Arzt	Wir können die Amputation aufschieben
Linda	Ich werde den nächsten
	Transatlantik Clipper
	Nach New York nehmen
	Falls sie ohne meine Einwilligung
	Etwas unternehmen
	Müsste ich sie …
	Entschuldigen sie mich
	Ich bin ausser mir
	Doch es geht um Cole
	Und sein Überleben in Würde
	Ich wrede so rasch als möglich
	Bei ihm sein

DRITTE SZENE

Krankenzimmer im Spital in New York

Cole, Linda, Arzt, Elsa, Monty

Cole bandagiert im Krankenbett. Cole, Linda, Elsa, Katie, Monty und der Arzt abwechselnd im Gespräch mit Cole..

Linda	Schmerzen
Cole	(*unbändig lachend*) Fürchterlich
	Fürchterliche Schmerzen
	Doch diese Kügelchen und Pillchen
	Und Infusiönchen
	Phhhaaa ich sage dir …
	Linda-Darling Scheusälchen
	Du da

Ich dachte wir sind in Scheidung
Du bist das schönste Geschenk
Meines Lebens
Dass du bei mir bist
Linda-Liebstes
Mmein allerallerallerliebstes Scheusälchen
Deine Hand in meiner Hand
Ist die grösste Wohltat
Lass mich nie nie wieder allein
Ohne dich
Mache ich bloss Blödsinn

Linda tritt zur Seite. Elsa nähert sich den Bett. Sie schaut Cole fragend an. Er sieht sie grinsend an. Später dann wird er seine Bettdecke unter grosser Anstrengung zurückschlagen und ihre seine beiden Beine im Gips zeigen.

Cole   Fünfzig Millionen Franzosen
               Können nicht irren
               Wenn sie Pferde zu Steaks machen
               Und sie verschlingen
               Anstatt die Pferde zu reiten …
               Übrigens
               Darf ich dir vorstellen
               Josephine und Geraldine
               Mein linkes Bein habe ich
               Josephine getauft
               Sie ist ein süsses Mädel und sehr anständig
               Ganz im Gegensatz zu Geraldine
               Mein rechtes Bein
               Sie ist der Hölle entlaufen
               Eine Hexe eine Psychopathin
               Doch glaube mir

Ich liebe sie beide
Obwohl Geraldine so schwierig ist
Hänge ich an ihr
Und würde sie für nichts auf der Welt
Hergeben

Elsa tritt zurück. Der Arzt nähert sich dem Krankenbett.

Arzt   Und Mister Porter
           Wie geht es uns heute
Cole   Was muss ich ihnen antworten
           Damit ich weiterhin
           Diese Pillchen Tablettchen
           Und Infusiönchen bekomme
           Die mir Flügel verleihen
Art   Die Wahrheit
           Wie sind die Schwezren
Cole   Sie scheuen sich nicht vor der Wahrheit
           Selbst wenn sie ihnen ungelegen kommt
           In meinen Beinen
           Sind tausend kleine Männchen
           Die mit scharfen Messern um sich schlagen
           Ohne Rücksicht auf mein Wohlbefinden
           Man ist diesen Teufelchen
           Hilflos ausgeliefert
           Doch kaum fliesst dieses Wässerchen
           Durch das Gewirr dieser Kanülen
           Oder werfe ich
           Ein Tablettchen oder Pillchen ein
           Hören diese kleinen Männchen auf
           Mit ihren scharfen Messern
           Um sich zu schlagen
           Und die Musik kommt

	In meinen Kopf zurück
Arzt	(*zu einer unsichtbaren Hilfsperon*)
	Keine Veränderung der Medikation

Der Arzt unterhält sich abseits vom Krankenbetts mit Linda.

Arzt	Die Amputation der Beine
	Ist noch nicht weg vom Tisch
	Doch bisher scheinen
	Die Operationen Verschlimmerungen
	Verhindert zu haben
	Und das linke Bein
	Dessen bin ich mir sicher
	Wird mit etwas Glück gut verheilen
	Das rechte Bein
	Nun da bin ich mir nicht ganz so sicher
	Ob nicht eine Amputation
	Notwendig sein wird
	Wir können jetzt
	Nachdem Mister Porter
	Diese drei Monate
	In der Klinik verbracht hat
	Es wagen ihn nachhause zu entlassen
	Wenn ein entsprechendes Krankenbett
	Und tatkräftige vor allem kräftige
	Unterstützung garantiert sind
Linda	Kein Problem
	Mister Porters Butler
	Ist ein kräftiger junger Mann
	Wir haben Personal
	Und ich werde alles tun
	Was sie für zuhause empfehlen

Monty tritt an Krankenbette.

Monty	Cole du altes Haus
	Hurra
	Du kannst nach Hause
	Wir haben dich zurück
	Das müssen wir gehörig feiern
Cole	Den Krüppel feiern
Monty	Mein Lieber
	Bisher hast du dich
	Allen Menschen und allen Situationen
	Bestens angepasst
	Du bist ein harter Kerl
	Das charmanteste Chamäleon
Cole	(*zeigt auf seinen Kopf*) Hier oben
	Rumort es bereits wie verrückt
	Und ich sehne mich
	Nach meinem Flügel
	(*zeigt auf seinen Unterleib*)
	Doch hier unten
	Als Krüppel
	Auf wen soll ich mich
	Heute noch bschwingt stürzen können
	Es ist zum Heulen
Monty	Wenn du deinem Unterleib
	Mehr Ruhe gönnst
	Bekommt Linda nicht mehr
	Die Halskehre
	Vom ständig Wegschauenmüssen
	Und braucht nicht mehr
	Nach Paris abzuhauen
Cole	Meine Liebschaften
	Haben sie nie gestört

Übrigens
Sie ist einverstanden
Dass zuhause ein Spitalbett
In mein Schlafzimmer zu stehen kommt
Und ein zweites in den Salon
Damit ich selbst als Krüppel
Nicht ganze Tage im Schlafzimmer
Versauern muss
Mich ärgert schon schrecklich
Dass ich selbst zuhause
Von fremder Hilfe abhängig bin
Ich kann nicht einmal alleine
Aus meinem Bett fliehen
Und mich ins Getümmelt der Stadt
Stürzen
Behalte deine
Beschwichtigenden Floskeln für dich
Niemand und nichts
Kann mich über
Das Tatsächliche hinwegtäuschen
Ich bin ein Krüppel
Doch der Kopf der Kopf …

VIERTE SZENE

Salos in New York

Cole, Linda, Butler

Cole liegt im Bett, beide Beine noch im Gips. Linda gibt dem Butler im Abseits Anweisungen, bevor sie sich Cole zuwendet.

Linda   Mister Porter braucht absolute Ruhe
Unsere Aufgabe ist es
Seinen Aktivismus zu stoppen
Er muss ausruhen
Nur so kann die Besserung seiner Beine
Fortschreiten
Sagt der Arzt
Mister Porter hatte bereits
Nach Notenpapier
Und Schreibern verlangt
Ich habe ihn angeflunkert und behauptet
Es sei kein Notenpapier mehr da
Und ich habe ihm versprochen
Darum besorgt zu sein
Bei Gelegenheit neues Notenpapier
Zu beschaffen
Nun muss ich mir
Weitere Notlügen ausdenken
Um ihn davon abzuhalten
Sich gleich wieder
In die Arbeit zu stürzen
Wie ein Wilder
Und noch etwas
Keinen Alkohol
Der Arzt sagt
Alkohol verträgt sich schlecht
Mit den Medikamenten
Die Mister Porter einnehmen muss
Ich bin so froh Ray
Dass ich mich auf sie verlassen kann
(*zu Cole*) Cole mein Lieber
Ruhe dich gut aus

Cole	Zu Befehl Milady
Linda	Ich werde jetzt
	Zu meinem Arzttermin gehen
	Wenn ich zurück bin
	Wird Ray dir in den Rollstuhl helfen
	Und wir werden
	Eine Ausfahrt machen
	Und du weisst
	Elsa hat diesen Empfang
	Für dich vorbereitet
	Wo all unsere Freunde kommen werden
	Da musst du gut erholt sein
	Um durchzuhalten
Cole	Linda-Liebste du bist mein Gewissen
Linda	Nun überlasse ich dich Ray
	Bestellen sie für Mister Porter
	Einen Lindenblütentee
	Mister Porter hat bestimmt Durst (*ab*)
Cole	(*grinsend*) Nun steh nicht
	Wie ein vollgeschissener Mehlsack da
	Wir stehen den Tatsachen
	Nicht machtlos vis-à-vis
	Wer sind wir denn
	Zuerst benötige ich einen Scotch
	Keine Widerrede
	Linda meint es gut
	Sie ist herzensgut
	Doch sie versteht nicht
	Was ich brauche
Butler	Obacht
	Sie wird riechen
	Dass du gesoffen hast
Cole	Werde nicht frech

Wozu habe ich
Die Pfefferminzpastillen

Der Butler giesst widerwillig Scotch in ein Glas und reicht das Glas Cole, der es in einem Schluck leert und das Glas dem Butler zurückreicht. Dann schlägt Cole die Bettdecke zurück.

Cole   Uau das tut gut
              Nun Rollstuhl her
Butler   Linda wird mich feuern
              Wenn sie erfährt …
Cole   Quatsch
              Linda liebt dich
              Sie weiss dass ich unmöglich bin
              Und sie sieht geflissentlich weg
              Von meinem ungehörigen Tun
              Um sich nicht zu ennervieren
              Nun scheiss nicht in die Hose
              Und hilf mir aus dem Bett
              Stell dich nicht dümmer an als du bist
Butler   Ich weiss nicht
              Ob das gescheit ist
Cole   Ist etwa der Sturm
              In meinem Kopf gscheit
              Diesen Sturm kann ich nur besänftigen
              Wenn ich an meinem Flügel sitze
Butler   Du willst an den Flügel
              Das geht doch nicht
Cole   Was geht nicht
              Hilf mir endlich
              Roll den Rollstuhl hierher
              Ich bin nicht zerbrechliches Porzellan
              Zur Abwechslung

Liegt unser Zeitvertreib
Nicht in unseren Unterleibern
Doch indem du mir Stütze bist
Meine Stütze Ray

*Cole deutet dem Butler, der ihm in den Rollstuhl geholfen hat, an,
ihn zu seinem Flügel zu rollen. Am Flügel angekommen realisiert
Cole, dass er zu tief sitzt, um die Tasten richtig bespielen zu
können.*

Cole	Na mach schon
	Hole ein paar Kissen
	Zwei nein drei oder vier
	Gut gestopfte Kissen
	Die nicht gleich zusammensinken
	Das Kissen des Sofas
	Reiss es heraus
Butler	Da wird aber Linda ganz schön …
Cole	Mach schon
	Linda bringe ich den Schmus
	Bevor sie zurück sein wird
	Wird das Kissen wieder
	An seinem Platz sein
	Und den Klavierstuhl
	Schiebst du so
	Dass ich das eine Bein
	Darauf legen kann
	Und dann einen Schemel
	Jenen Schemel dort
	Für das andere Bein

Cole sitzt an seinem Flügel und spielt. Dabei wirkt er unbeschwert fröhlich. Der Butler schaut Cole an und freut sich wie ein Maikäfer, wie dieser am Flügel aufblüht.

FÜNFTE SZENE

Versiedene Orte in New York

Arzt, Katie, Linda, Elsa, Monty, Cole

Arzt, Katie, Linda, Elsa und Monty sind je nachdem am Monologisieren an verschiedenen Orten oder verhaspeln sich in Kurzdialoge. Cole sitzt, korrekt gekleidet, mit einer weissen Nelke im Knopfloch, zuerst im Rollstuhl am Flügel, dann hievt er sich mühselig aus dem Rollstuhl empor, geht mit Krücken ein paar Schritte und setzt sich an den Flügel und spielt weiter. Zuerst aber fällt Lindas Blick auf Cole, der am Flügel sitzt und spielt. Sie erschrickt.

Linda	Hinter meinem Rücken
	Cole sitzt wieder an seinem Flügel
Arzt	Ob das so geschickt ist
Elsa	Er muss wieder
	Einen normalen Lebensalltag haben
	Als ich den gestrigen Empfang
	Für euch Linda und Cole
	Geplant hatte
	War mir überhaupt nicht klar gewesen
	Wie der Anlass über die Bühne gehen würde
	200 ausgesuchte Gäste
	Die crème de la crème der High Society

Und Cole mit seinen kaputten Beinen
Wird hereingeschoben in den Ballsaal
Strahlt wie ein Maikäfer
Und ist wieder der alte Cole
Wie alle ihn lieben und bewundern
Sein Unfall kann ihm nichts anhaben
Das gesellschaftliche Leben ist gerettet

Linda   Anstatt sich auszuruhen
Sitzt er ständig am Flügel
Und ich habe so meinen Verdacht
Dass er bereits wieder
Gespräche führt
Mit Produzenten aus Hollywood
Und vom Broadway
Mir sagt er ja nichts
Reden sie Herr Doktor ihm ins Gewissen
Wenn er so weiter macht
Ist ihm nicht mehr zu helfen

Arzt   Und er raucht
Und er trinkt
Sollen wir es Raubbau
Am eigenen Körper nennen
Können wir ihm etwas verbieten
Ist er nicht selber für sich verantwortlich
Wir müssen unser Menschenmöglichstes tun
Um zu verhindern
Dass Mister Porter
Nach diesem Schicksalsschlag
Nicht eine fette Depression produziert

Elsa   Uns etwas einfallen lassen
Um ihn jetzt
Wo er gezwungen ist
In eine neue Lebensphase zu treten

Von seinem Künstlertraum wegzubringen
Der seit einiger Zeit schon
Wie eine Seifenblase geplatzt ist
Er ist ein Salonlöwe
Und krönender Mittelpunkt jeder Gesellschaft
Wir müssen schauen
Dass er wieder in Gesellschaft gehen kann
Wo er sich wie
Ein Fisch im Wasser gebärdet
Hollywood und Broadway
Soll er künftig vergessen
Mit ‚Anything Goes'
Das vor Jahren war
Hat er den verdienten Ruhm als Künstler
Auf dem er sich nun ausruhen kann
Ich werde den unbändigen Partylöwen
In ihm neu wecken müssen

Katie   Das habe ich schon immer gesagt
Coalie habe ich gesagt
Showbusiness ist nichts Seriöses
Coalie lass dein Dilettieren als Musiker
Lass dir ums Himmels willen
Nicht einreden
Dass du ein Genie im
Liederkomponieren bist
Deine ‚Erfolge' können sich sehr wohl
Als Medienblasen erweisen

Linda   Mir fehlen die Kräfte
Und ich bin überfordert
Doch durch den Unfall wurde mir klar
Wie sehr Cole und ich
Einander verbunden sind
Ich kann nicht ohne ihn leben

	Er nicht ohne mich
	Und ich bin sicher
	Seine Beine werden verheilen
	Das ist die Hauptsache
Monty	(*schüttelt seinen Kopf*) Wenn sie wüssten
	Wenn sie wüssten
	Seht ihn bloss als
	Berühmten Mann an seiner Seite
	Als berühmten Patienten
	Als Goldesel
	Als vergöttertes Sohnemännchen
Arzt	Neulich bei einem Hausbesuch
	Sass Mister Porter an seinem Flügel
	Mit einem so entspannten Gesichtsausdruck
	Von schmerzverzerrter Miene keine Rede mehr
	Erst als er sich zur Untersuchung
	Auf sein Bett legen musste
	War er wieder der Schmerzensmann
	Der Flügel scheint beste
	Schmerzthreapie zu sein
	Wir sollten ihn nicht daran hindern
	Das zu tun was ihn entspannt
	Und seine unsäglichen Schmerzen
	Vergessen lässt
	Musik ist ihm alles
	Vielleicht ist sein Flügel
	Das probate Mittel gegen seine Depression
Katie	Mein Junge Coalie
	Eine Depression
	Er ist ein so fröhlicher Mensch
	Soll mir keiner kommen
	Mit einer Depression bei Coalie
Arzt	Er macht den Leuten etwas vor

	Und sich selber auch
	Wenn er sich einmal wirklich gehen lässt
	Sich vor Schmerzen windet
	Dann dann sollten sie ihn sehen
	Sein wahres Gesicht
	Mit dem traurigen Blick ins Leere
Elsa	Gut und recht
	Doch er darf nicht mehr davon träumen
	Den Broadway zurückzuerobern
	Dafür ist es zu spät
	Dieser Zug ist längst abgefahren
Cole	Lass uns nach Kuba reisen
Linda	Mein Zustand gestattet mir keine Reise
	Glaubst du
	Dass du es tatsächlich schaffst
	Wenn der Arzt nichts einzuwenden hat
	Frag Monty ob er dich begleiten wird
Monty	Nach Kuba
	In deinem Zustand
Cole	Die Welt wird sich damit abfinden müssen
	Dass das mein Zustand ist
Monty	Und ich soll mit dir gehen
Cole	Und Ray und Paul
	Keine Sorge
	Du wirst mich nicht
	Auf deinem Buckel herumschleppen müssen
	Dfür sind unsere leben Bediensteten da
Arzt	Strand Wärme Salzwasser
	Das könnte für die havarierten Beine gut sein
Elsa	Bin ich froh
	Frisst er erneut den Narren
	Am Erobern der Welt
	Und am Reisen

	Dann vergisst er Hollywood und Broadway
Linda	Irrtum
	Wenn ich es richtig mitbekommen habe
	Ist er …
Elsa	Sag das nicht
Linda	Cole ist so unordentlich
	Lässt seine vollgekritzelten Notizhefte
	Überall herumliegen
	Wenn ich sie nun sammle
	Damit sie nicht in falsche Hände geraten
	Nun ja
	Ich gestehe es
	Werfe ich macnhmal einen Blick rein
	Und bekomme das mit
	Was er mir nicht erzählt
Monty	Wie lebt es sich …
Cole	Nach den schönen Tagen auf Kuba
	Meinst du
	Ich zehre noch heute von
	Den herrlichen Tagen am Strand
Monty	Ich meine
	Wie lebt es sich mit dem Fiasko am Broadway
Cole	Ach das
Monty	Die Kritiker zerreissen die Show
	Und lassen an deinen Melodien
	Und deinen Liedern keinen guten Faden
	Die Show wird nach wenigen Tagen schliessen
Elsa	Habe ich doch gesagt
	Seine Zeit ist vorüber
	Junge Junge konzentrier dich
	Auf gesellschaftliche Aktivitäten
	Und aufs Reisen
	Und schlag dir das Künstlersein

	Endgültig aus dem Kopf
	Du bist nicht darauf angewiesen
Cole	(*zu Monty*) Der Flop mit dem Musical
	‚Leave it to me' ist verdaut
	Glaube mir
	Für mich ist selbst dieser Flop
	Ein Triumpf
	Ich habe mir und der
	Mich zerreissenden Fachwelt bewiesen
	Dass ich selbst als Krüppel nicht
	Der nutzlose Invalide bin
	Es noch auf den Broadway schaffe
Elsa	Dieser Misserfolg
	Wird ihm eine Lehre sein
Monty	(*zu Cole*) Na altes Haus
Cole	Schau mich an
	Ein Wrack ein Krüppel
	Welches geile Kerlchen
	Kann noch scharf auf jemanden wie mich sein
Monty	Schschsch
	Wenn Linda dich hört
Cole	Sie ist ausgegangen
Monty	Lass deinen Kopf
	Und alles weitere nicht hängen
	Für jedes Töpfchen
	Wurde noch immer
	Ein Deckelchen gefunden
	Für jede zährende Lust
	Ein entsprechendes Objekt der Begierde
Cole	Wo finden und nicht stehlen
Monty	Suchen
	Wart's ab
	Ich finde dir ein williges

	Geiles Kerlchen
Cole	Suche mir einen Mann
	Suche suche suche
	Suche mir den Mann
Monty	Wie primitiv
Cole	Das ist's primitiv ja primitiv
	Suche mir den primitiven Mann

> *Find me a primitive man*
> *Built on a primitive plan,*
> *Someone with vigour anvim,*
> *I don't mean the kind*
> *That belongs to a club,*
> *But the kind that has a club*
> *That belongs to him.*
> *I could be the personal slave*
> *Of someone just out of a cave.*
> *The only man who'll ever win me*
> *Has gotta wake up the gipsy in me.*
> *Find me a primitive man,*
> *Find me a primitive man.*
>> *Fifty Million Frenchmen, 1929 : Find me a*
>> *primitive man, Cole Porter*

Linda	(*schreiend*) Nein nein nein
	Sein gutes Bein gebrochen
	Das gute Bein
	Eine Katastrophe
Arzt	Fraktur
	Ja
	Wie konnte es bloss geschehen
Cole	Ich bin ausgerutscht
Arzt	Glück gehabt

	Dass bessere rechte Bein
Cole	Böse böse Geraldine
	Dass auch du mir jetzt
	Solche Schmerzen bereitest
Linda	Wird der Bruch verheilen
	Wird er wieder
	Mit Krücken
	Gehen können
Cole	Machu Picchu
Elsa	Sein Verhängnis
	Am Broadway ist
	Dass er die Skripts seiner Musicals
	Nicht selber verfasst
	Unkritisch jedes Skript akzeptiert
	Das ihm jemand runterjubelt
	Und prompt hübsche Liedchen liefert
	Ihn interessieren bloss die Liedchen
	Dass er unbedingt nicht einsehen will
	Dass ein würdiges Künstlerleben
	So nicht funktionieren kann
	Auch nicht in Hollywood
	Wo er sich keinen Namen machen
	Bloss das halbgrosse Geld scheffeln kann
	Auf das er nicht einmal angewiesen ist
Linda	(*zu Monty*) Hast du ihm
	Diesen Floh vom Machu Picchu
	Ins Ohr gesetzt
Monty	Er hat in einer Ausgabe
	Des National Geographic
	Darüber gelesen
	Und du kennst ihn
	Wenn ihm wss gefällt
	Ist er Feuer und Flamme

	Und nicht mehr zu stoppen
Arzt	Reisen bringt ihn auf andere Gedanken
	Dass es ausgerechnet eine
	Derart riskante Expedition sein muss
	Ist nicht sonderlich geschickt
	Doch anscheinaned scheint er sich
	Auf dieses Ziel eingeschossen zu haben
	Doch andrerseits wiederum
	Wenn er was zu tun hat
	Das ihm Spass macht
	Vergisst er die Schmerzen
	Und kommt um eine Depression rum
	Vielleicht könnten sie Miss Porter
	Ihm mit ihrem Charme
	Ein weniger abenteuerliches Reiseziel
	Schmackhaft machen
Linda	Ich in meinem Zustand
	Mit ihm eine Reise unternehmen
	Unmöglich
	Ach sie meinen Herr Doktor
	Ich könnte ihm ein
	Anderes Reiseziel einreden
Elsa	Ihm den Machu Picchu verbieten
	(*lachend*) Linda und etwas verbieten
	Sie rümpft höchstens ihr Näschen
	Und das Gegenüber hat
	Selber zu merken
	Dass es sich daneben verhält
	Und sein Verhalten ändern muss
Monty	Lasst ihn gewähren
	Solange er es aus eigenen Kräften schafft
	Wenn's draufan kommt
	Kennt er seine Grenzen

	Notfalls kehrt man
	Auf halber Strecke um
Linda	,Aus eigenen Kräften'
	Bestimmt muss dieser dieser
	Dieser Ray
	Sein Butler
	Mit von der Partie sein
	Und ihn den Berg hoch tragen
	Gegen seine Freunde und Vertrauten
	Die zu allem was Cole sagt
	Ja und Amen sagen
	Und ihn unterstützen
	Ist nicht anzukommen
	Dieser Ray sein Butler
	Lässt sich zu jedem Unfug anstiften
Monty	Der Doktor hat recht
	Es muss alles getan werden
	Um ihn aus seinem Tief herauszuholen
	Und Reisen ist nun mal
	Eine seiner Leidenschaften
Linda	Auf mich hört er nicht mehr
	Ich bin ja selber ein Wrack
	Immer nach Luft hechelnd
	Und dann wieder
	An die eiserne Lunge
Arzt	Sie sind für ihn der ruhende Pol
	Wenn er sie nicht hätte
Linda	Sie meinen seinen Butler
Arzt	Mister Kelly ja
	Er unterstützt Mister Porter genial
Linda	Mister Kelly ist verheiratet
Arzt	Was wollen sie damit sagen
Elsa	(*zu Monty*) Unter uns Monty

	Läuft zwischen Ray und Cole
	Wieder etwas
Monty	Falls zwischen ihnen je
	Etwas gelaufen sein sollte
	Ist es längst vorbei
	Cole wechselt seine Flammen
	Wie wir unsere Unterwäsche
	Zudem weiss nicht mal ich
	Ob zwischen ihm und Ray
	Je etwas gelaufen ist
Elsa	Cole ist noch immer das Zugpferd
	In unserer besten Gesellschaft
	Sein Ruhm und seine …
	Er sollte nicht
	Diese minderwertigen Aufträge
	Aus Hollywood annehmen
	Damit macht er seinen Namen
	Als König vom Broadway kaputt
Monty	Spiele nicht den Erfolg seiner Lieder
	Aus den Filmen ‚High Society‘
	Und ‚The Pirate‘ runter
Elsa	Ja ja ein paar Liedchen
	Die um die Welt gehen
	Doch sein wahrer Ruhm
	Und was ihn zum echten Künstler macht
	ist ‚Anything Goes‘
	DAS Musical am Broadway
Elsa	In ihm brodelt nach wie vor
	Lyrische bis beschwingteste Musik
	Die er mit frech assoziativen
	Texten zu verbinden weiss
	Und diese Seite seines Seins
	Stellt er fröhlich und spontan

Mitreissend dar
Verdrängt damit seine
Dunkeln Seiten

Linda Und wenn seine Fantasie
Mit ihm durchbrennt
Lässt er sich von mir
In akzeptable Bahnen lenken

Elsa Ihr seid das perfekte Team
Doch leider leider
Verführt seine
Überschiessende Kreativität
Zu unkritischem Mitmachen
Wenn jemand ihm Chancen bietet
Sich zu präsentieren
Er hat zu oft ja gesagt
Und damit den Goodwill der Fachwelt
Verspielt
Und ist weit unter seinem Niveau
Gestrandet
Er muss endlich begreifen
Dass seine Zeit vorüber ist
Er sich bloss noch Enttäuschungen
Einhandelt
Wenn er sich nicht zurückzieht
Das Drama des Genies
Das nicht wahrhaben will
Dass es Zeit ist
Sich mit dem Erreichten
Zufrieden zu geben
Und aufzuhören
Seine körperlichen Leiden
Zu überstehen
UND

	Gleichzeitig zu arbeiten wie zuvor
	Das geht einfach nicht
	Das übersteigt seine Kräfte
	Man muss ihm
	In seiner Situation
	Weitere Enttäuschungen ersparen
Linda	Mach du ihm das klar
Katie	Der gute Junge kennt seine Grenzen nicht
	Hat sie noch nie gekannt
	Doch jetzt steuert er
	Auf einen Abgrund zu
Elsa	Er will unbedingt nicht Opfer sein
	Leidet unmenschliche Schmerzen
	Kann keinen Tag ohne Tabletten sein
	Spielt seine Situation herunter
	Als ob er noch der Alte ist
	Will sich unbedingt nicht helfen lassen
Linda	Doch wenn er Hilfe will
	Ist er schrecklich fordernd
	Wird gleich unangenehm
	Wenn man nicht genau das tut
	Was er erwatet
	Und zwar sofort
	Er ist so ungeduldig
Arzt	Wir sollten Kriegsrat halten
	Zerrt jeder an einem andern Strick
	Kann das kluge Kerlchen
	Uns wunderbar gegeneinander
	Ausspielen
Elsa	Cole hat das Zeugs
	Der beste Musical-Komponist
	Des Broadways zu sein
	Das hat er mit ,Anything Goes'

Bewiesen
Der Haken ist bloss
Dass er nicht die Stücke
Bloss die Liedtexte selber schreibt
So hin und weg ist
Wenn er ein gutes Lied beisammen hat
Und den Leuten gefällt
Ob der Text etwas zu gewagt ist oder nicht
Ist ihm egal
Dass er zu wenig auf das ganze Werk achtet
Dass er sich total verrennt
Seinen Ruf als erstklassiger Künstler
Zu schanden macht
Sein Schaffen mag für Hollywood genügen
Am Broadway jedoch ...

Linda   Er soll gesund werden
Die Geschäfte ach ...

Monty   (*schüttelt seinen Kopf*) Wenn sie wüssten
Wenn sie wüssten
Seine Beine sind nicht sein Problem
Sein wahres Problem ist
Dass er nach und nach
Den Medien glaubt
Und echt daran zweifelt
Als Künstler noch zu etwas gut zu sein
Da kann ich lange sagen
Dass die Herren Kritiker seine Ressourcen
Die er nach wie vor hat
Stützen sollen
Und ihn nicht weiter
Wie einen Krüppel behandeln
Dem man Streicheleinheiten geben muss
Damit er nicht

Wie sie annehmen
In schwärzeste Depression versinkt
Er braucht die Bestätigung
Dass er nach wie vor
Mit seinen verkrüppelten Beinen
Als Künstler in erster Linie
Und als Mann in zweiter Linie
Ernst genommen wird
Da kann ich lange reden
Seine Weiber wimmeln mich ab mit
Ach du
Ihr seid Kumpels
Und steckt unter einer Decke
Unterschätzt mir meinen Coalie nicht
Ihr werdet euch noch wundern

Elsa   Er dümpelt vor sich hin
Dümpel dümpel
Zum Glück bleibt er uns
Gesellschaftlich noch erhalten

Arzt   Ich bewundere ihren Mann
Miss Porter
Er ist ein Überlebenskünstler

VIERTER AKT

Treppenhaus vor einem Ballsaal in New York

Cole, Linda, Katie, Elsa, Produzent

Auf dem Treppenabsatz, der in den Ballsaal führt, steht der Produzent. Vom Fuss der Treppe her nähern sich Linda, Elsa und Katie. In ihrer Mitte ist Cole an Krücken. Auf die kleine Gesellschaft gehen ein Blitzlichtgewitter und Bravorufe los, wobei die kleine Gruppe sich nur wenig dem Treiben zuwendet. Der Produzent hält mehrere Zeitungen in den Händen, hebt jeweils eine Zeitung hoch und zitiert als Ausrufer aus den Zeitungen, wobei eine unsichtbare Menge Leute auf jedes Zitat hin kräftig applaudiert.

Produzent   Die New York Times
                     Schlagzeile
                     Cole Porter übertrifft sich selber
                     KISS ME KATE
                     DER Broadway Hit
                     Nicht bloss des Jahres 1949
                     Doch wie sich erweisen wird
                     Aller Zeiten
                     Das Stück von Bella Spewack
                     Raffiniert und spannend
                     Verquickt Shakespeare mit heute
                     Und Cole Porter

Steuert Lieder und Musik bei
Die schlicht genial sind
Literarisch anspruchsvolle Texte
Die nicht überheblich sind
Geistreich witzig und frech
Ohne vulgär zu sein
Und Musik mit Rhythmen
Und mit immer wieder
Überraschender abwechslungsreicher
Melodik die weit über
Unterhaltungsmusik hinausgeht
Und das Potenzial hat
Dereinst einmal klassisch zu werden
(*wirft eine Zeitung weg* und liest aus der
nächsten Zeitung)
Der Hollywood Reporter schreibt
König Cole hat seine Kritiker
Zu Affen gemacht
Der Held ist wieder zurück
So toll zu erleben
Dass Porter zu seinem
Ursprünglichen Niveau
Zurückgefunden hat
Für das sein Name steht
(*wirft eine Zeitung weg* und liest aus der
nächsten Zeitung)
Der New Yorker schreibt
Porter empfängt Kicks
Von Sätzen Dialogen Situationen
Aus Shakespeares
‚Der Widerspänstigen Zähmung'
Und nutzt diese
Um seiner unbändigen Fantasie

Freien Lauf zu lassen
Er hat es auch geschafft
Sich musikalisch auf eine
Gegenmelodie
Zu der überbordenden Komödie
Einzustimmen und
Eine Handvoll einmaliger
Raffiniertester und charmantester
Lieder zu schreiben (*wirft eine Zeitung weg und*
sieht zu Cole hin)
Du hast dir den Broadway
Erneut erobert
Und dir und uns allen bestätigt
Dass du nach wie vor der Grösste bist
Deine Lieder werden um die Welt gehen
Und überall Menschen begeistern

Cole schmeisst seine Krücken weg, schreitet, zuerst noch wackelig,
dann immer sicherer die Treppe hinauf. Sein Tross folgt ihm mit
einem gewissen Abstand.

Elsa   Ich habe schon immer gesagt
            Unser Cole wird es schaffen
Katie   Ich habe immer gesagt
            Mein Coalie wird es schaffen
Linda   Ich bin so stolz auf ihn

Oben angekommen schüttelt Cole dem Produzenten die Hand und
stellt sich den Fotografen, während seine Entourage sich malerisch
um ihn gruppiert. Applaus und Blitzlichtgewitter. Cole gebietet
Ruhe.

Cole   Ich bin sprachlos

Hätte ich meinen Flügel hier
Könnte ich euch
Auf den Tasten ein Liedchen klimpern
Und dazu singen
Was mich hier und jetzt so überwältigt
Doch ohne meinen Flügel
Leider leider …

Inzwischen sind Linda, Elsa und Katie oben bei Cole angekommen, stellen sich zu ihm, um die Ovationen entgegenzunehmen. Cole trippelt flink die Treppe runter und gesellt sich im Abseits zum Produzenten und Monty, die beieinander stehen.

Produzent	Und was kommt als Nächstes
Monty	Sklaventreiber du
	Lass Coalie erst zur Ruhe kommen
Cole	Dieser Triumpf hier
	Ist Balsam auf meine wunde Seele
	Ich schwelge und geniesse
	Doch meine Situation ist nach wie vor
	Insgesamt beschissen
	Meine Sorge um den
	Sich ständig verschlechternde
	Gesundheitszustand von Linda
	Die immer öfter
	Der eisernen Lunge bedarf
	Und bedenklich nach Luft japst
	Keine Besserung in Sicht
	Die Angst über die ich nicht reden mag
	Ganz zu schweigen
	Von meinen Schmerzen und
	Der drohenden Amputation
	Meiner kaputten Geraldine

	Eine Amputation würde ich
	Nie überstehen
	Doch zumindest habe ich hier und jetzt
	Meinen Ruf als Künstler gerettet
	Und das ist wunderschön
Produzent	Was heisst hier gerettet
	Du bist der König vom Broadway
	Und wirst es bleiben
	,Kiss me Kate' begeistert die Welt

Der Produzent wendet sich wieder der Treppe zu, um zur Plattform hochzusteigen, wo Elsa, Linda und Katie Ovationen entgegennehmen. Monty legt seinen rechten Arm um Coles Schultern, drückt ihn kurz an sich und sie gehen gemeinsam weg.

.

Literatur

Robert Kimball, The complete Lyrics of Cole Porter, Anfred A. Knopf New York 1983

David Grafton, Red, Hot & Rich. An oral history of Cole Porter, Stein an Day New York 1987

William McBrian, Cole Porter, Vintage Books New York 1998